국어시간에 시읽기 4

국어시간에 시읽기 4

전국국어교사모임 엮음

Humanist

국어 시간에 가장 많이 읽는 책

전국국어교사모임은 신나고 재미있는 국어 수업을 만들기 위해 20년이 넘게 애써 왔습니다. 특히, 중·고등학생들이 읽을 만한 책이 없는 상황에서 학생들이 즐겨 읽을 수 있는 책들을 펴내 청소년 문학에 새바람을 불러일으켰습니다. 학생들의 눈높이를 가장 잘 알고 있는 현장의 국어 선생님들이 엮은 '국어시간에 읽기' 시리즈는 학생들의 관심과 흥미를 살폈을 뿐 아니라, 학생들의 삶이나 현실과 맞닿아 있어 공감을 끌어낼 수 있었습니다.

우리 모임에서 청소년 문학으로 낸 첫 번째 책은 김은형 선생님이 수업에 활용했던 소설을 모아 엮은《국어시간에 소설읽기 1》입니다. 이 책은 나오자마자 청소년 문학 베스트셀러가 되었습니다. 학생들의 눈높이에 맞는 책인지라 수업 시간에 가장 많이 읽는 책이 되었으며, 여러 권위 있는 단체에서 '중학생이 읽기 좋은 책', '중학생에게 읽기를 권장하는 책'으로 뽑았습니다. 우리는 이어서《국어시간에 시읽기》,《국어시간에 생활글읽기》 등을 차례로 펴냈고, 그 책들은 모두 현장 국어 교사들이 수업에 적극 활용하는 책이면서 학생들이 즐겨 읽는 책으로 자리 잡았습니다. 이후 아이들에게 더 많은 읽을거리를 제공하고 싶다는 바람으로 《국어시간에 세계단편소설읽기》, 《국어시간에 세계시읽기》, 《국어시간에 세계희곡읽기》 같은 세계 문학 선집도 엮게 되었습니다. 이 모든 읽을거리가 청소년들의 삶을 더욱 풍성하게 하고, 청소년들의 생각을 더 크고 넓게 해 줄 거라 믿습니다.

'국어시간에 읽기' 시리즈는 학생들에게 읽기의 즐거움을 맛보게 해 준 책입니다. 또한 청소년 문학 시장에 다양한 분야의 책이 나올 수 있도록 마중물 역할을 하였습니다.

'국어시간에 읽기' 시리즈를 통해 학생들이 세상을 이해하고 세상 속으로 한 걸음 나아가기를 기대합니다. 또한 우리 주변의 진솔한 삶의 이야기, 그 속에 숨어 있는 보석 같은 깨달음이 여러분과 함께하기를 바랍니다.

이 책들이 모든 사람에게 오래도록 사랑받기를 바랍니다.

전국국어교사모임

읽고 싶은 시, 가슴에 남는 시

우리는 왜 시를 읽을까요? 너무 어려운 질문인가요? 그럼 질문을 바꿔 볼게요. 우리는 언제 시를 읽을까요?

주변에 많은 사람들이 있고 그들이 나를 사랑하는 것을 아는데, 그래도 뭔지 알 수 없는 외로움을 느낄 때 시가 떠오를 것입니다. 많은 이야기를 나누고 돌아왔는데도 뭔가 허전할 때, 아무도 내 마음을 알아주지 않는다고 느낄 때 시가 떠오를 것입니다. 누군가에게 위로받고 싶을 때도, 혼란스러운 내 마음을 정확히 알고 싶을 때도 시가 떠오르지 않나요? 사랑하고 사랑받는 날도 시가 떠오르지요? 사랑을 잃었다고 생각할 때도 시가 떠오를 것입니다.

시가 내 마음에 들어오는 날, 시를 읽어 봅시다. 서두르지 말고 천천히. 눈으로도 읽고, 마음으로도 읽고, 그러다가 소리를 내어 읽어 보기도 합시다.

《국어시간에 시읽기 4》는 모두 7개의 부로 나눴습니다.

1부는 단번에 읽히는 시를 모았습니다. 많이 생각하지 않아도 그냥 술술 읽히는 시, 소리 내어 읽고 싶어지는 시, 읽는 것만으로도 내 가슴을 적시는 시. 이런 시들을 골라 담았습니다.

2부는 읽을수록 맛이 나는 시를 모았습니다. 처음에는 그냥 그런 시인가 보다 하고 읽다가, 한 번 더 읽으면, 또 한 번 더 읽으면 맛이 나는 시, 씹을수록 맛있는 시들을 모았습니다. 시간을 두고 천천히 음미하면 내 마음에 다가오는 시들입니다.

3부는 한 구절로도 빛나는 시들을 모았습니다. 시 전체도 좋지만 한 구절이 마음속에 남는 시들입니다. 다 읽고 나면 한 구절이 내 마음에 자리하는 시, 그 한 구절로도 가슴을 적시는 시들을 만날 수 있습니다.

4부와 5부는 마음을 움직이는 시를 모았습니다. 4부는 마음이 따뜻해지는 시들입니다. 사람을, 사물을 따스한 시선으로 바라보는 시인의 마음이 느껴질 것입니다. 사는 일이란 거창한 것이 아닙니다. 내 주변의 사람이나 사물을 따스하게 바라보면서 행복을 느낄 수 있다면, 잘 사는 일일 것입니다. 읽는 우리를 따뜻하게 하는 시들을 모았습니다.

5부는 가슴을 짠하게 하는 시들을 모았습니다. 아픔은 아픔으로 치유되기도 합니다. 가슴이 짠해지는 세상 이야기를 읽으면서, 그들의 마음에 공감하면서, 내 아픔도 치유될 것입니다. 살아가는 생명의 아픔에 연대의 마음을 갖는 것은 소중한 경험입니다. 우리와 함께하는 세상의 아픔이 가슴을 짠하게 하는 시들입니다.

6부는 세상을 이해하게 하는 시를 모았습니다. 어떻게 살아야 할지 잘 모를 때가 많습니다. 어떻게 사는 것이 잘 사는 것인지 모를 때가 많습니다. 그럴 때 이 시들을 읽으면 우리가 어떤 마음으로 살아야 하는지를 알 수 있을 것입니다.

7부는 새롭게 세상을 보는 시들을 모았습니다. 우리는 우리가 살아온 대로만 세상을 봅니다. 그런데 세상을 보는 눈은 참으로 다양합니다. 내가 모르거나 잊고 살았던 세상을 보게 하는 시. 이런 시들을 모았습니다. 읽으면서 새로운 세상을 만나는 행복을 느낄 수 있을 것입니다.

시를 읽어 봅시다. 조금 어려워도, 단번에 읽히지 않아도, 다시 한 번 천천히 소리 내어 읽어 봅시다. 그러면 시가 우리 곁으로 슬그머니 다가올 것입니다. 다시 한 번 더 읽어 보세요. 시가 여러분의 마음 속에서 피어날 것입니다.

전주국어교사모임(문상봉, 이정관, 정수정, 한수미)

차례

3

한 구절로도 빛나는 시

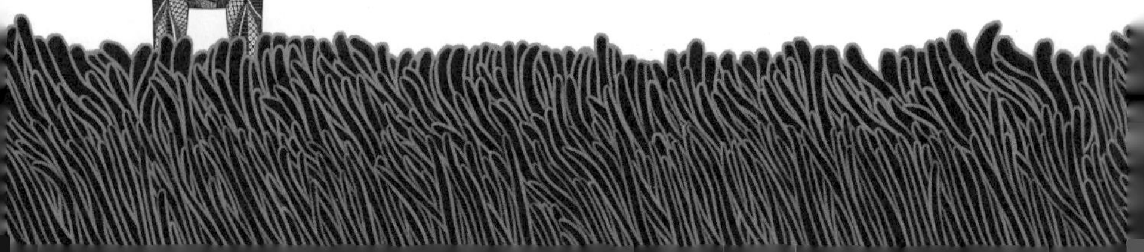

4
마음이 따뜻해지는 시

5
가슴을 찐하게 하는 시

6

세상을 이해하게 하는 시

7

새롭게 세상을 보는 시

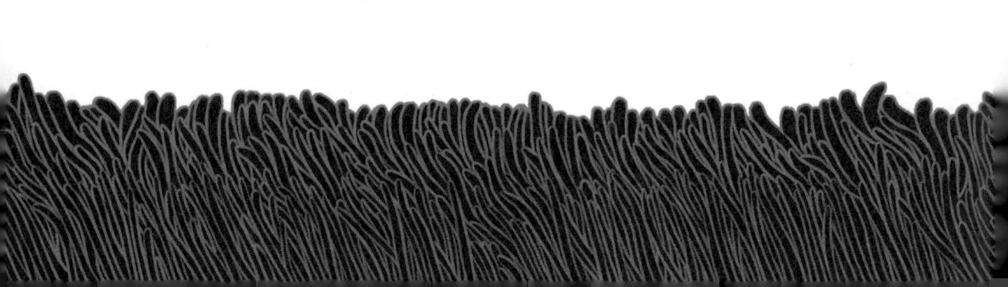

1

…

단번에 읽히는 시

엄마도 신경질 나지?

너!
옆집 현철이 좀 봐라
공부를 얼마나 잘하니!
아랫집 영민이 좀 봐라
얼마나 말 잘 듣고 착하니!

— 그런데 엄마, 제발
누구누구 좀 봐라, 하지 마!
그 말 들으면
얼마나 신경질 나는지
엄마도 당해보면 알 거야!

엄마!
옆집 현철이 엄마 좀 봐
함부로 욕하고 야단치지 않잖아!
아랫집 영민이 엄마 좀 봐
날마다 잔소리하지 않잖아!

— 거 봐. 누구누구 좀 봐, 하니까
엄마도 신경질 나지?
그러니까 앞으론

'누구누구 좀 봐' 하는 말은
절대로 하지 마, 응!

권오삼

신나는 악몽

기말고사 보려고 학교에 갔는데
고릴라가 교실을 비스킷처럼 끊어 먹고 있다

고릴라 곁에 있던 염소가
기말고사 시험지를 깡그리 먹어치우고 있다

운동장에서는 능구렁이가
선생님들을 능글능글 가로막고 하품 중이다

쩔쩔매던 우리들은 어쩔 수 없어
삼삼오오 모여 실컷 놀다가 집으로 간다

박성우

아버지 자랑

새로 오신 선생님께서
아버지 자랑을 해보자 하셨다

우리들은
아버지 자랑이 무엇일까 하고
오늘에야 생각해보면서
그러나
탄 캐는 일이 자랑 같아 보이지는 않고
누가 먼저 나서나
몰래 친구들 눈치만 살폈다

그때
영호가 손을 들고 일어났다

술 잡수신 다음 날
일 안 가려 떼쓰시다
어머니께 혼나는 일입니다

교실 안은 갑자기
웃음소리로 넘쳐흘렀다

임길택

아버지 생각 56

우리 집 담장 위로 옆집 호박이
아기 주먹만 하게 열리고 있다.
열린 호박 처음 보는 우리는 탐이 난다.
맨날 나팔꽃 잎으로 김치 담고
분꽃으로 국 끓이다가
진짜 호박으로 소꿉 살림 살고 싶다.
모올래 하나 땄다.
연필 깎는 칼로 또각또각 썬다.
손끝에 전해오는 진짜 호박의 숨결
오늘 소꿉놀이의 크라이막스다.

우리 소꿉놀이를 들여다보던 아버지가
"어허, 이건 나쁘다우."
그 한마디에 우리는 두 번 다시 안 했다.
나쁘다는 말이 이렇게 자존심 상하게 하는 말인 줄
그때 알았다.

이데레사

외계인을 위하여

우리 엄마 아침마다
톡톡 두드려가며
내 얼굴에 로션을 골고루 발라주신다

아침마다 새날이고
새날을 맞으며 나를 어루만지고
쓰다듬어주는 따스한 손

불쑥불쑥
내 안의 외계인이 나타나
성질을 부리니 외계인에게 발라주는 거란다

엄마가 문득
호호 할머니가 되어 어느 날 문득
엄마 속의 외계인이 나타나
어린애처럼 네게 보채거든
그때 네가 엄마 얼굴에 로션을 발라드려라
아버지 한 말씀 거드신다

김미희

장마

장마철만 되면 어김없이
낑낑거리는 동생
왜 장마철이 싫냐 물으면
"밖에서 못 놀잖아"

비 내리는 장마철
저 내리는 비가 나는 좋아
비 내리는 여름이 좋아
밖에서 못 놀아도 나는 비가 좋아.

정금주

피곤해

야자를 마치고 집에 와서 씻고 누웠다.
잠시 눈 한 번 감았다가 떴는데 아침이다.
기절했다 깬 것 같다.

김민조

눈길

눈길을 걸으면
눈들은
뽀드득 소곤소곤
뽀드득 소곤소곤

무슨 뜻일까
눈들은 말을 않다가도
밟히면
뽀드득 소곤소곤
뽀드득 소곤소곤

무슨 이야기일까
멈추어 귀 기울이면
눈들은
흰 입술 꼬옥꼬옥 다물고

눈길을 걸으면
뽀드득 소곤소곤
뽀드득 소곤소곤

뒤돌아보면

걸음걸음

흰 입술들만 조용조용 따라오네

조태일

사모곡

어머니는 죽어서 달이 되었다
바람에게도 가지 않고
길 밖에도 가지 않고,
어머니는 달이 되어
나와 함께 긴 밤을 같이 걸었다

감태준

이 가을에

나뭇잎 물든 것이
꽃보다도 아름답습니다.
붉은 잎 아래 노란 잎
노란 잎 밑에 설익은 푸른 잎이
바람에 하늘거리고 있습니다.

신령님은 늘
우리가 사는 이 세상을
눈부시게 꾸며주고 계십니다.
아귀 다투는 사람만이
등 돌리고 지나갈 뿐입니다.

민영

그립다는 것은

그립다는 것은
아직도 네가
내 안에 남아 있다는 뜻이다.

그립다는 것은
지금은 너를 볼 수 없다는 뜻이다.
볼 수는 없지만
보이지 않는 내 안 어느 곳에
네가 남아 있다는 뜻이다.

그립다는 것은 그래서
내 안에 있는 너를
샅샅이 찾아내겠다는 뜻이다.
그립다는 것은 그래서
가슴을 후벼파는 일이다.
가슴을 도려내는 일이다.

이정하

몸살

머리가 지끈거리더니 콧물이 흐른다

마침내 편도가 서고 온몸이 불덩이다

이렇듯 감기는 한순간에 합병증처럼 온다

너도 한때 이렇게 온 적 있었다

그래서 나를 눕게 했던.

박영희

지금 뭐 해?

빗줄기 흑!흑! 흐느끼듯 땅바닥에
박히고 있을 때
축축한 벽 뒤에서
액정 화면을 뚫고 떠오른 당신의 문자
지금 뭐 해?

모든 것의 완성은 고개를 드는 일이라는 듯
꽃봉오리 같은
물음표를 달고 온 말
지금 뭐 해?

당신과 나를 천상으로 올려주기라도 할
튼실한 손잡이 같은,
지상에 묶여 있던 끈을 끊고
솟아오르는 보름달
같은,

떨어져 박히기만 하는 수직의 느낌표를
사랑의 오븐에 넣고 매만져
한참 전도 아니고
바로 금방

따끈따끈 구워낸 말,
지금 뭐 해?

문정

저수지 저녁 풍경

저 멀리
뿌옇게

재가
날듯

새가
뿌려진다

김미희

베드타운 –해질녘 풍경

벚나무 잎 새로 햇빛이 식는 공원길을
여자와 개가 걷고 있었다
줄을 풀어서 감아쥔 여자는 팔을 흔들고
목걸이만 채워진 개는 목을 흔들었다
여자가 뒤처지니
개가 멈춰 섰다가 나란히 가고
개가 뒤처지니
여자가 멈춰 섰다가 나란히 갔다
개가 여자를
밀어내는 것 같기도 하고
당기는 것 같기도 하고
여자가 개를
당기는 것 같기도 하고
밀어내는 것 같기도 했다
공원길이 끝나는 벚나무 아래쯤 갔을 때
목걸이에 줄을 묶어서
여자가 개를 끌고 앞으로 나아가자
개가 앞으로 뛰쳐나가 여자를 끌고 갔다
개가 여자를 애완동물로 데려가는 것 같기도 하고
여자가 개를 애완동물로 데려가는 것 같기도 했다

하종오

2

읽을수록 맛이 나는 시

탈출

아침부터 머리가 아프다
배도 아프다
학교 수업만 끝내고
몰래 기어 나와
버스 정류소로 달렸다
헉헉거리는 숨을 가다듬고 보니
아픔은 모두 학교에 두고 와버렸다

하민지

방

옆으로 누우면 벽
똑바로 누우면 천장
엎드리면 바닥이었다
눈을 감으면 더 좋았다
가끔 햇빛이 집요하게 창문에 걸쳐 있다 돌아가곤 했다

강성은

민간인

1947년 봄
심야
황해도 해주의 바다
이남과 이북의 경계선 용당포

사공은 조심조심 노를 저어가고 있었다.
울음을 터뜨린 한 영아(嬰兒)를 삼킨 곳.
스무 몇 해나 지나서도 누구나 그 수심을 모른다.

김종삼

머루밤

불을 끈 방 안에 횃대의 하이얀 옷이 멀리 추울 것같이

개방위* 로 말방울 소리가 들려온다

문을 연다 머루빛 밤한울에
송이버슷의 내음새가 났다

백석

* **개방위** 술방(戌方). '戌'은 '개'를 뜻한다. 24방위의 하나로, 정서(正西)에서 북으로 30도 방위를 중심으로 한 15도 각도 안의 방향을 이른다.

사막

사막에
모래보다 더 많은 것이 있다.
모래와 모래 사이다.

사막에는
모래보다
모래와 모래 사이가 더 많다.

모래와 모래 사이에
사이가 더 많아서
모래는 사막에 사는 것이다.

오래된 일이다.

이문재

간(肝)

바닷가 햇빛 바른 바위 우에
습한 간을 펴서 말리우자.

코카서스 산중에서 도망해 온 토끼처럼
둘러리를 빙빙 돌려 간을 지키자.

내가 오래 기르던 여윈 독수리야!
와서 뜯어 먹어라, 시름없이

너는 살찌고
나는 여위어야지, 그러나

거북이야!
다시는 용궁의 유혹에 안 떨어진다.

프로메테우스 불쌍한 프로메테우스
불 도적한 죄로 목에 맷돌을 달고
끝없이 침전하는 프로메테우스.

윤동주

적막, 또는 빈집에서

길들이 나뒹굴고 있었다. 구두가 닳아
못 쓰게 된 것처럼, 내던져져 있었다.
사람들은 다 어디로 떠나버렸는지, 길들은
엎드리거나 드러누워 있었다. 적막만이 그
구부러진 길 위를 유유자적 걸어다니고

간간이 몇몇 노인들이 허리 구부리며
지나갔다. 떨어진 나뭇잎들이
길 위에 흩날리고, 어떤 적막은
빈집의 유리창 너머로 물끄러미
버려진 길들을 바라보고 있었다.

숱한 길 위에서 떠돌다가
이곳에 가까스로 깃들인 나는 고작
허공에 발을 뻗는다. 풍란처럼
목을 태우고, 안경알이나 닦으면서 새삼
조지훈의 지조론을 아프게 떠올린다.

헌신짝이 되어버린, 구부러져 나뒹구는,
그런 길 위에 버려진 지조에 대해서도
생각해본다. 옛집도 고향도 등지고 떠난,

지조보다는 시류만 좇아가는 사람들을
그래도 기다리고 기다리는 빈집,

오직 적막만 깃들여 사는 빈방에서
나는 다만 먼지 풀풀 나는 창밖을,
구겨진 길들을 바라보고 있을 뿐.
서녘 놀 몇 가닥씩 물고 날던 새들마저
모두 제 둥지로 돌아가고 없는데

노인들만 몇몇 날이 저물자 돌아온다.
지팡이에·마음까지 의지하고, 어둠을
등짐처럼 진 채 적막 속으로 들어선다.
여전히 어떤 적막은 물끄러미 빈집에서
나뒹구는 길들을 지켜보고 있을 뿐.

이태수

그리움

눈이 오는가 북쪽엔
함박눈 쏟아져 내리는가

험한 벼랑을 굽이굽이 돌아간
백무선 철길 위에
느릿느릿 밤새워 달리는
화물차의 검은 지붕에

연달린 산과 산 사이
너를 남기고 온
작은 마을에도 복된 눈 내리는가

잉크병 얼어드는 이러한 밤에
어쩌자고 잠을 깨어
그리운 곳 차마 그리운 곳

눈이 오는가 북쪽엔
함박눈 쏟아져 내리는가

이용악

이 방이

이 방이
누구의 방인가
더러운
더러운
더러운
누구의 방인가
얼굴 붉히며
우리 처음 만났던 방인가
칼날 같은 외롬으로
우리 서로 포옹한 방인가
이 방이
누구의 방인가
밤이면 바람
소리만 들리던
이 방에
못질을 하면서
아무리
아무리
아무리
생각해도

이 방이
누구의 방인가
이 허술한
이 우울한
이 축축한
향기만 남은 방이
누구의 방인가
이 방엔
사람이 없는데
이 방엔
책들도 없는데
이 방에서
나는 시를 썼는데
아아 소리치며
내 두 팔이
끌어안으면
아직도 살아
파르르 떠는
이 방이
누구의 방이길래
나는 아직도

이 방을
떠나지 못하나?
이 방을
잠그지 못하나?

이승훈

하모니카 부는 오빠

오빠의 자취방 앞에는 내 앞가슴처럼
부풀어 오른 사철나무가 한 그루 있고
그 아래에는 평상이 있고 평상 위에서는 오빠가
가끔 혼자 하모니카를 불죠
나는 비행기의 창문들을 생각하죠, 하모니카의 구멍들마다에는
설레는 숨결들이 담겨 있기 때문이죠
이륙하듯 검붉은 입술로 오빠가 하모니카를 불면
내 심장은 빠개질 듯 붉어지죠
그때마다 나는 캄보디아를 생각하죠
양은 밥그릇처럼 쪼그라들었다 죽 펴지는 듯한
캄보디아 지도를 생각하죠, 멀어서 작고
붉은 사람들이 사는 나라, 오빠는 하모니카를 불다가
난기류에 발목 잡힌 비행기처럼 덜컹거리는 발음으로
말해주었지요, 태어난 고향에 대해,
그곳 야자수 잎사귀에 쌓이는 기다란 달빛에 대해,
스퉁트랭, 캄퐁참, 콩퐁솜 등 울퉁불퉁 돋아나는 지명에 대해,
오빠의 등에 삐뚤빼뚤 눈초리와 입술들을
붙여놓은 담장 안쪽 사람들은 모르죠
오빠의 하모니카 소리가 바람처럼

나를 훅 뚫고 지나간다는 것도 모르죠
검은 줄무늬 교복 치마가 펄렁, 하고 젖혀지는 것도
영원히 나 혼자만 알죠
하모니카 소리가 새어나오는
그 구멍들 속으로 시집가고 싶은 별들이
밤이면 우리 집 평상 위에 뜨죠
오빠가 공장에서 철야 작업 하는 동안
별들도 나처럼 자지 않고 그냥 철야를 하죠

문정

흰 부추꽃으로

몸이 서툴다 사는 일이 늘 그렇다
나무를 하다보면 자주 손등이나 다리 어디 찢기고 긁혀
돌아오는 길이 절뚝거린다 하루해가 저문다
비로소 어둠이 고요한 것들을 빛나게 한다
별빛이 차다 불을 지펴야겠군

이것들 한때 숲을 이루며 저마다 깊어졌던 것들
아궁이 속에서 어떤 것 더 활활 타오르며
거품을 무는 것이 있다
몇 번이나 도끼질이 빗나가던 옹이 박힌 나무다
그건 상처다 상처 받은 나무
이승의 여기저기에 등뼈를 꺾인
그리하여 일그러진 것들도 한 번은 무섭게 타오를 수 있는가

언제쯤이나 사는 일이 서툴지 않을까
내 삶의 무거운 옹이들도 불길을 타고
먼지처럼 날았으면 좋겠어
타오르는 것들은 허공에 올라 재를 남긴다
흰 재, 저 흰 재 부추밭에 뿌려야지

흰 부추꽃이 피어나면 목숨이 환해질까
흰 부추꽃 그 환한 환생

박남준

말의 감옥

혀끝으로 총의 방아쇠를 당겨 혀를 쏘았다
쏟아지는 것은 말이 아니라, 피였다
오늘은 아무 말도 하지 않았다

입 안에서 자라는 말을 베어 물었다
그렇더라도,
생각은 말로 했다

저것은 나무
저것은 슬픔
저것은 장미
저것은 이별
저것은 난초

끝내는 말로부터 달아날 수 없었다
눈을 감아도 마찬가지였다
이럴 줄 알았으면,
말을 가지고 실컷 떠들고 놀 것을 그랬다

꽃을 만들고
그림을 그리고

향을 피울 것을 그랬다

온종일 말 밖으로 한 걸음도 나서지 못했다

아무도 몰래, 불어가는 바람 속에
말을 섞을 것을 그랬다

윤희상

질투는 나의 힘

아주 오랜 세월이 흐른 뒤에
힘없는 책갈피는 이 종이를 떨어뜨리리
그때 내 마음은 너무나 많은 공장을 세웠으니
어리석게도 그토록 기록할 것이 많았구나
구름 밑을 천천히 쏘다니는 개처럼
지칠 줄 모르고 공중에서 머뭇거렸구나
나 가진 것 탄식밖에 없어
저녁 거리마다 물끄러미 청춘을 세워두고
살아온 날들을 신기하게 세어보았으니
그 누구도 나를 두려워하지 않았으니
내 희망의 내용은 질투뿐이었구나
그리하여 나는 우선 여기에 짧은 글을 남겨둔다
나의 생은 미친 듯이 사랑을 찾아 헤매었으나
단 한 번도 스스로를 사랑하지 않았노라

기형도

나쁜 소년이 서 있다

세월이 흐르는 걸 잊을 때가 있다. 사는 게 별반 값어치가 없기 때문이기도 하지만 파편 같은 삶의 유리 조각들이 처연하게 늘 한자리에 있기 때문이다. 무섭게 반짝이며

나도 믿기지 않지만 한두 편의 시를 적으며 배고픔을 잊은 적이 있었다. 그때는 그랬다. 나보다 계급이 높은 여자를 훔치듯 시는 부서져 반짝였고, 무슨 넥타이 부대나 도둑들보다는 처지가 낫다고 믿었다. 그래서 나는 외로웠다.

푸른색. 때로는 슬프게 때로는 더럽게 나를 치장하던 색, 소년이게 했고 시인이게 했고, 뒷골목을 헤매게 했던 그 색은 이젠 내게 없다. 섭섭하게도

나는 나를 만들었다. 나를 만드는 건 사과를 베어 무는 것보다 쉬웠다. 그러나 나는 푸른색의 기억으로 살 것이다. 늙어서도 젊을 수 있는 것. 푸른 유리 조각으로 사는 것.

무슨 법처럼, 한 소년이 서 있다.
나쁜 소년이 서 있다.

허연

3

한 구절로도 빛나는 시

엄마

니가 내 딸이라서 좋다.
술 먹은 엄마 입에서 나온 말
나도 엄마가 제일 좋다.
이 한마디 하고 싶지만
그냥 웃는다.
고마워서
대답하면 눈물이 날 것 같아서.

신연지

대화

사람은 원한으로 살지 않는가
아니에요, 사람은 희망으로 살아요

사랑은 희망인가 원한인가
그 사이에 어쩌지도 못하는 절망인가

그대 볼이 일그러지고
그대 턱으로 눈물방울이 굴러떨어지고
나는 일어나
마구 소리 지르고 싶어질 때

그래요, 사람은 습관으로 살아요
사랑도 한낱
못된 습관인걸

최민

우음 2장

1

나는 내가 지은 감옥 속에
갇혀 있다.

너는 네가 만든 쇠사슬에
매여 있다.

그는 그가 엮은 동아줄에
묶여 있다.

우리는 저마다 스스로의
굴레에서 벗어났을 때

그제사 세상이 바로 보이고
삶의 보람과 기쁨도 맛본다.

2

앉은 자리가 꽃자리니라!

네가 시방 가시방석처럼 여기는
너의 앉은 그 자리가
바로 꽃자리니라.

구상

절정

매운 계절의 채찍에 갈겨
마침내 북방으로 휩쓸려 오다.

하늘도 그만 지쳐 끝난 고원
서릿발 칼날진 그 위에 서다.

어디다 무릎을 꿇어야 하나
한 발 재겨 디딜 곳조차 없다.

이러매 눈 감아 생각해 볼밖에
겨울은 강철로 된 무지갠가 보다.

이육사

가을

바람이
노을을 훔쳐서
밤새
나뭇잎을 물들였다

정유진

헬스클럽 –바퀴 · 2

아무리 뛰어도
당신은 보이지 않는다
당신은 보이지 않는다
보이지 않아서
동동동 발판을 구른다
오늘도 뛴다
속고, 속고
그렇게 속고
단단히 미쳐서
내일도 발판을 뛴다
뛰고 뛰어 이 어깨에
날개가 솟은들
푸른 하늘 어디에
혹
당신 얼굴 보일까?
보일까?
정말 보일까?
그래도 뛰는 거야
미치고 싶은 거야, 나는
지금 —

김광원

이른 봄

초등학생처럼 앳된 얼굴
다리 가느다란 여중생이
유진상가 의복 수선 코너에서
엉덩이에 짝 달라붙게
청바지를 고쳐 입었다
그리고 무릎이 나올 듯 말 듯
교복 치마를 짧게 줄여달란다
그렇다
몸이다
마음은 혼자 싹트지 못한다
몸을 보여주고 싶은
마음에서
해마다 변함없이 아름다운
봄꽃들 피어난다

김광규

그대 순례

좀 느린 걸음걸이면 된다
갑자기 비가 오면
그게 그대 옛 친구이니
푹 젖어보아라

가는 것만이 아름답다
한 군데서
몇 군데서 살기에는
너무 큰 세상

해 질 녘까지
가고 가거라
그대 단짝
느린 그림자와 함께
흐린 날이면
그것 없이도
그냥 가거라

고은

고양이가 돌아오는 저녁

고양이가 돌아오는 저녁
입 안의 비린내를 헹궈내고
달이 솟아오르는 창가
그의 옆에 앉는다

이미 궁기는 감춰두었건만
손을 핥고
연신 등을 부벼대는
이 마음의 비린내를 어쩐다?

나는 처마 끝 달의 찬장을 열고
맑게 씻은
접시 하나 꺼낸다

오늘 저녁엔 내어줄 게
아무것도 없구나
여기 이 희고 둥근 것이나 핥아보렴

송찬호

봄숲을 보면

비 갠 뒤 봄숲을 보면
달려가 후루룩후루룩 빨아들이고 싶다
그 날의 햇살 그 틈새로 파고드는 가여운 안개
그 안개 아래 서 있는 수줍은 봄숲을 보면
봄배 부른 여자 같다
저렇게 빽빽한 슬픔을 보면
그만 배반하고 싶다

박라연

농담

문득 아름다운 것과 마주쳤을 때
지금 곁에 있으면 얼마나 좋을까, 하고
떠오르는 얼굴이 있다면 그대는
사랑하고 있는 것이다

그윽한 풍경이나 제대로 맛을 낸 음식 앞에서
아무도 생각나지 않는 사람
그 사람은 정말 강하거나
아니면 진짜 외로운 사람이다

종소리를 더 멀리 내보내기 위하여
종은 더 아파야 한다

이문재

그리움이 먼 길을 움직인다

먼 길에서 바라보는 산은 가파르지 않다
미끄러운 비탈길 보이지 않고
두릅나무 가시 겁나지 않고 독 오른 살모사도
무섭지 않다
먼 길에서 바라보는 기차는 한산하다
발 디딜 틈 없는 통로며
선반에 올려진 짐 꾸러미 보이지 않는다

먼 길에서 바라보면
다른 사람의 수술이 아프지 않다
불합격이 아깝지 않고
자살이 안타깝지 않다
배고픔과 실연이 슬프지 않고
아무리 글을 읽었어도 강의 깊이를 볼 수 없다

그러나 길은 먼 데서 시작된다
누구나 먼 길에서부터 바위를 굴릴 수 있고
도랑물 소리 들을 수 있다
정기적금 첫 회분을 부을 수 있고
못난 친구들과 잔 돌릴 수 있고 심지어
노동시의 슬픔도 읽을 수 있다

새벽에 나서는 설 귀향길
그리움이 먼 길을 움직인다

맹문재

희망에는 신의 물방울이 들어 있다

꽃들이 반짝반짝했는데
그 자리에 가을이 앉아 있다

꽃이 피어 있을 땐 보지 못했던
검붉은 씨가 눈망울처럼 맺혀 있다

희망이라고……
희망은 직진하진 않지만
희망에는 신의 물방울이 들어 있다

김승희

진달래꽃

나 보기가 역겨워
가실 때에는
말없이 고이 보내드리오리다

영변에 약산
진달래꽃
아름 따다 가실 길에 뿌리오리다

가시는 걸음걸음
놓인 그 꽃을
사뿐히 즈려밟고 가시옵소서

나 보기가 역겨워
가실 때에는
죽어도 아니 눈물 흘리오리다

김소월

4

마음이 따뜻해지는 시

끝없는 강물이 흐르네

내 마음의 어딘 듯 한편에 끝없는
  강물이 흐르네
도쳐오르는 아침 날빛이 빤질한
  은결을 돋우네
가슴엔 듯 눈엔 듯 또 핏줄엔 듯
마음이 도른도른 숨어 있는 곳
내 마음의 어딘 듯 한편에 끝없는
  강물이 흐르네

김영랑

산 아래 앉아

메아리도 살지 않는 산 아래 앉아
그리운 이름 하나 불러봅니다.
먼 산이 물소리에 녹을 때까지
입속말로 입속말로 불러봅니다.

내 귀가 산보다 더 깊어집니다.

박정만

찔러본다

햇살 꽂힌다
잠든 척 엎드린 강아지 머리에
퍼붓는 화살
깼나 안 깼나
쿡쿡 찔러본다

비 온다
저기 산비탈
잔돌 무성한 다랑이논
죽었나 살았나
쿡쿡 찔러본다

바람 분다
이제 다 영글었다고
앞다퉈 꼭지에 매달린 것들
익었나 안 익었나
쿡쿡 찔러본다

최영철

연민

한 마리 개미를 관찰한다

돋보기로 보는 개미
흐릿하게 확대되어
어지러운 마음속에 사로잡힌다

얼마나 추웠을까?

초점을 맞춘다

이윤학

별빛 고운 밤

잠 오지 않아
벌레 소리 더욱 또렷하다

마당귀 서니
별빛 참 곱다

이 밤 찬 이슬 오겠다
가을 성큼 산천 적시겠다

바람 없어
먼 산 너머
잠들지 않는 사람 있겠다

이재금

노랗고 동그란 희망

내 할머니를 닮은
하양머리 어미 민들레
제 아가들을 날개옷 입혀
바람에 실어 보낸다.

아가들은 날다 날다
무심한 돌 틈에, 오래된 골목길
들쑥날쑥한 보도블럭 사이에
발을 깊숙이 묻어버린다.

엄마는 아가들 걱정으로 시들시들하다
제 머리를 땅에 박고 죽어버린다.

어미의 마음을 아는지 모르는지
아가들은 그저 생긋생긋 맑은 웃음으로
모든 세상을 반긴다.

오현이

겨울날

우리들
깨끗해지라고
함박눈 하얗게
내려 쌓이고

우리들
튼튼해지라고
겨울바람
밤새껏
창문을 흔들더니

새벽하늘에
초록별
다닥다닥 붙었다

우리들
가슴에 아름다운 꿈
지니라고

신경림

두근 반 세근 반

두근 반 세근 반은 한 덩어리
돌의 무게
아니지 한 덩어리 쇠의 무게
더더욱 아니지 두근 반 세근 반은
너 처음 나에게 오던 무게
나 처음 너를 만나던 무게
심장이 견딜 수 없는, 머리가 감당할 수 없는
두근 반 세근 반은
저울 눈금이 두근 반 세근 반 흔들리는 무게
가슴이 콩닥콩닥 뛰는 무게
머릿속 하얀 피가
피잉 엉기는 무게, 눈앞이 저절로 캄캄해지는 무게
한 줄 시의, 한 통 연애편지의
피지 않고는 견딜 수 없는 선암사 뒤뜰 홍매화의
결코 죽지 않는 꽃눈의, 꽃향기의 무게
두근도 아니고 세근도 아니고
두근 반 세근 반인 두근 반 세근 반은
터무니없는, 안타까운, 영원히 죽지 않는 무게

유홍준

천천히 와

천천히 와
천천히 와
와, 뒤에서 한참이나 귀울림이 가시지 않는
천천히 와

상기도 어서 오라는 말, 천천히 와
호된 역설의 그 말, 천천히 와

오고 있는 사람을 위하여
기다리는 마음이 건네준 말
천천히 와

오는 사람의 시간까지, 그가
견디고 와야 할 후미진 고갯길과 가쁜 숨결마저도
자신이 감당하리라는 아픈 말
천천히 와

아무에게는 하지 않았을, 너를 향해서만
나지막이 들려준 말
천천히 와.

정윤천

친할머니

비릿한 생선 냄새와 바닷바람을 맞으며
구불구불하고 좁은 길을 걸어서
어릴 적 기억 속에만 있던 친할머니 집에 도착했다.
낯설기만 한 집 안에서
쭈뼛쭈뼛 서 있는데
할머니께서 돈을 내미셨다.
감사하지만 괜찮다고 할머니 쓰시라고
그러나 할머니께서는 또 언제 볼 수 있을지 모른다며
돈을 손에 쥐여주며 눈물을 훔치셨다.
할머니 집에서 나와
구불구불하고 좁은 길을 걸어서
비릿한 생선 냄새와 바닷바람을 맞으며
할머니의 따뜻한 마음을 가지고 집으로 돌아갔다.

김예진

처음엔 당신의 착한 구두를 사랑했습니다

처음엔 당신의 착한 구두를 사랑했습니다
그러다 그 안에 숨겨진 발도 사랑하게 되었습니다
다리도 발 못지않게 사랑스럽다는 걸 알게 되었습니다
어느 날 당신의 머리까지
그 머리를 감싼 곱슬머리까지 사랑하게 되었습니다

당신은 저의 어디부터 시작했나요
삐딱하게 눌러쓴 모자였나요
약간 휘어진 새끼손가락이었나요
지금 당신은 저의 어디까지 사랑하나요
몇 번째 발가락에 이르렀나요
혹시 제 가슴에만 머물러 있는 건 아닌가요
대답하지 않으셔도 됩니다 제가 그러했듯이
당신도 언젠가 모든 걸 사랑하게 될 테니까요

구두에서 머리카락까지 모두 사랑한다면
당신에 대한 저의 사랑은
더 이상 갈 곳이 없는 것 아니냐고요
이제 끝난 게 아니냐고요 아닙니다
처음엔 당신의 구두를 사랑했습니다
이제는 당신의 구두가 가는 곳과

손길이 닿는 곳을 사랑하기 시작합니다

언제나 시작입니다

성미정

귀 조경

일평생 나무만 길러온 노인이 말씀하시길, 조경 중에 제일은 귀 조경이라 하신다. 키 큰 나무, 키 작은 나무, 잘생긴 나무, 못생긴 나무를 두루 심어놓고 보고, 만지고, 냄새 맡고, 이따금 이파리와 꽃잎의 맛을 보는 조경도 일품이지만, 무엇보다 제일의 조경은 이 나무들이 철따라 새들을 불러 모으고, 새들은 제각기 좋아하는 나무를 찾아들어 저마다의 소리로 목청 높게 노래 부르는 것을 듣는 일이라. 키 큰 나무만 심어놓으면 키 큰 나무에만 둥지를 트는 새의 노래를 들을 것이요, 키 작은 나무만 심어놓으면 키 작은 나무에만 날아오는 새의 노래를 들을 것이니, 그것은 참된 귀 조경이 아니라 하신다.

오랜만에 봄창을 열고 목노인(木老人)처럼 생각하거니, 나는 이 세상에 나서 어떤 나무를 심어왔고, 내 정원에는 어떤 목소리의 새가 날아왔던가. 나는 또 누구에게 날아가 키 큰 나무, 키 작은 나무에 둥지를 틀고 오늘처럼 봄날의 노래를 들려줄 것인가.

이홍섭

할아버지

할아버지가
담뱃대를 물고
들에 나가시니,
궂은날도
곱게 개고,

할아버지가
도롱이를 입고
들에 나가시니,
가문 날도
비가 오시네.

정지용

내 몸에 눈송이들이 내려앉을 때

눈이 내 어깨에 머리에 내려앉으면 나도 눈꽃을 피웠다고 할 수 있을까
움직임 없이 자리에 서서 눈을 맞으면 내 몸에도 눈꽃이 피어날 수 있을까
눈을 감고 저 눈 내리는 저녁 들판에 나아간다면 나도 눈꽃이 될 수 있을까

눈이 내리면 나는 왜 이다지도 눈꽃을 피우고 싶은가
자신의 몸 위에 함박스런 꽃을 피우는 나무와 풀과 바위가 되고 싶은가

유승도

과일집 아저씨

감기에 걸려
병원에 다녀오는 길

과일가게에 들렀다
“아저씨 딸기 좀 주세요.”
아저씨는 비닐봉지에 딸기를 담으면서
학교에 왜 안 갔냐고 묻는다.
“아파서요.”
아저씨는 딸기 담은 봉지에
방울토마토를 조금 넣어주신다.

강연주

5

가슴을 짠하게 하는 시

어머니

해 지는 들녘을 바라보면
기다림이 무언지 안다
기다림 뒤에 오는
슬픔과 눈물이 무언지 안다

어린 시절
고샅에 어둠이 깔리면
고된 논밭일에 지쳐
쓰러질 듯 돌아오시던 어머니

어머니를 기다리던
들녘에 서서
어머니를 불러본다

어머니를 부르다
나도 모르게
목이 잠긴다

서정홍

술래잡기

심청일 웃겨보자고 시작한 것이
술래잡기였다.
꿈속에서도 언제나 외로웠던 심청인
오랜만에 제 또래의 애들과
뜀박질을 하였다.

붙잡혔다
술래가 되었다.
얼마 후 심청은
눈 가리기 헝겊을 맨 채
한동안 서 있었다.
술래잡기하던 애들은 안됐다는 듯
심청일 위로해주고 있었다.

김종삼

잠시

집에서 공부를 하다
잠시 밖을 보면
떨어지는 낙엽이 보인다
왠지 모르게 마음이 싸해지는데
이런 기분은 무엇일까
아직 인생의 위기도 절정도 아닌데
잠시 우울했던 그 느낌은 뭘까

잠시 생각하다가
다시 연필을 들고 공부한다.

이소윤

삶

지나가버린 것은
모두가 다 아름다웠다.

여기 있는 것 남은 것은
욕이다 벌이다 문둥이다.

옛날에 서서
우러러보던 하늘은
아직도 푸르기만 하다마는.

아 꽃과 같던 삶과
꽃일 수 없는 삶과의
갈등 사잇길에 쩔룩거리며 섰다.

잠깐이라도 이 낯선 집
추녀 밑에 서서 우는 것은
욕이다 벌이다 문둥이다.

한하운

서울

가는 바람에도 허리가 꺾인다.
바람이 불지 않아도 허리를 펴지 못한다.
거리마다 허리 꺾이고 허리 펴지 못하는 이들이 밀려간다.
서울에는.

황청원

안쓰러운 생

개 한 마리
문 밖
자장면 빈 그릇 핥아먹고 있다

나도 저런 적 있었던가

생계 때문에 더러워져
밥그릇 한번 발로 차보지 못한
안쓰러운.

공광규

강가에서

얼음장 밑으로
조용히 강물이 흐른다.

아직도 봄은 갇혀 있나부다.

찬 손 모아 입에 대고
호호 불면 따스한 입김.

이처럼 봄은
내 입 안에 서려 있나부다.

버들강아지 불룩한 강가에서
떠나간 그날의 사람.

그래서 봄은
내게서 아주 떠나갔나부다.

그러나 2월은
봄을 잃고
봄을 기다리는 마음.

핑크 비취의

봄의 볼을 기다리는 마음.

김용호

다시 섬진강에서

섬진강은 흘러 바다로 가고
나는 흘러 그대에게로 갑니다

이정관

조등

장례식장에 걸린 조등 하나
바람도 없는데 잠시 흔들리다 멈춘다

죽은 이의 입김이 스쳐 지나간 걸까
죽은 이의 눈빛이 머물다 간 걸까

산 사람들만이 부산히 오가는 장례식장 입구
아무도 지켜보지 않는 조등 하나

누군가에게 전할 말이 생각난 듯
잠시 흔들리다 멈춘다

남진우

전화

당신이 없는 것을 알기 때문에
전화를 겁니다.
신호가 가는 소리.

당신 방의 책장을 지금 잘게 흔들고 있을 전화 종소리, 수화기를 오래 귀에 대고 많은 전화 소리가 당신 방을 완전히 채울 때까지 기다립니다. 그래서 당신이 외출에서 돌아와 문을 열 때, 내가 이 구석에서 보낸 모든 전화 소리가 당신에게 쏟아져서 그 입술 근처나 가슴 근처를 비벼대고 은근한 소리의 눈으로 당신을 밤새 지켜볼 수 있도록.

다시 전화를 겁니다.
신호가 가는 소리.

마종기

해당화

당신은 해당화 피기 전에 오신다고 하였습니다. 봄은 벌써 늦었습니다.

봄이 오기 전에는 어서 오기를 바랐더니 봄이 오고 보니 너무 일찍 왔나 두려워합니다.

철모르는 아이들은 뒷동산에 해당화가 피었다고 다투어 말하기로 듣고도 못 들은 체하였더니

야속한 봄바람은 나는 꽃을 불어서 경대 위에 놓입니다그려.

시름없이 꽃을 주워서 입술에 대고 "너는 언제 피었니" 하고 물었습니다.

꽃은 말도 없이 나의 눈물에 비쳐서 둘도 되고 셋도 됩니다.

한용운

당신이라는 숟가락에

당신이라는 숟가락에
밥을 퍼먹는다
당신이라는 숟가락에
국물을 떠먹는다 그때마다
당신을 쪽쪽 핥아먹는 나
당신을 도로 뱉어내는 나
당신을 삼키지 않으려고
당신이라는 숟가락에
당신을 짜서 삼킨다
당신이라는 숟가락에
당신을 발라 씹는다
당신을 삼키고 싶은 욕망과
당신을 사용하고 싶은 욕망은
꼭 비례하는 듯한데
모르지 당신?
내 심장 근처에도 못 가봤으니
내 목구멍도 넘어가지 못했으니
입에 넣다가 도로 뱉어야 당신
쪽쪽 핥아먹다가 도로 버려야 당신

조말선

터미널

젊은 아버지는
어린 자식을 버스 앞에 세워놓고는 어디론가 사라지시곤 했다
강원도하고도 벽지로 가는 버스는 하루 한 번뿐인데
아버지는 늘 버스가 시동을 걸 때쯤 나타나시곤 했다

늙으신 아버지를 모시고
서울대병원으로 검진 받으러 가는 길
버스 앞에 아버지를 세워놓고는
어디 가시지 말라고, 꼭 이 자리에 서 계시라고 당부한다

커피 한 잔 마시고, 담배 한 대 피우고
벌써 버스에 오르셨겠지 하고 돌아왔는데
아버지는 그 자리에 꼭 서 계신다

어느새 이 짐승 같은 터미널에서
아버지가 가장 어리셨다

이홍섭

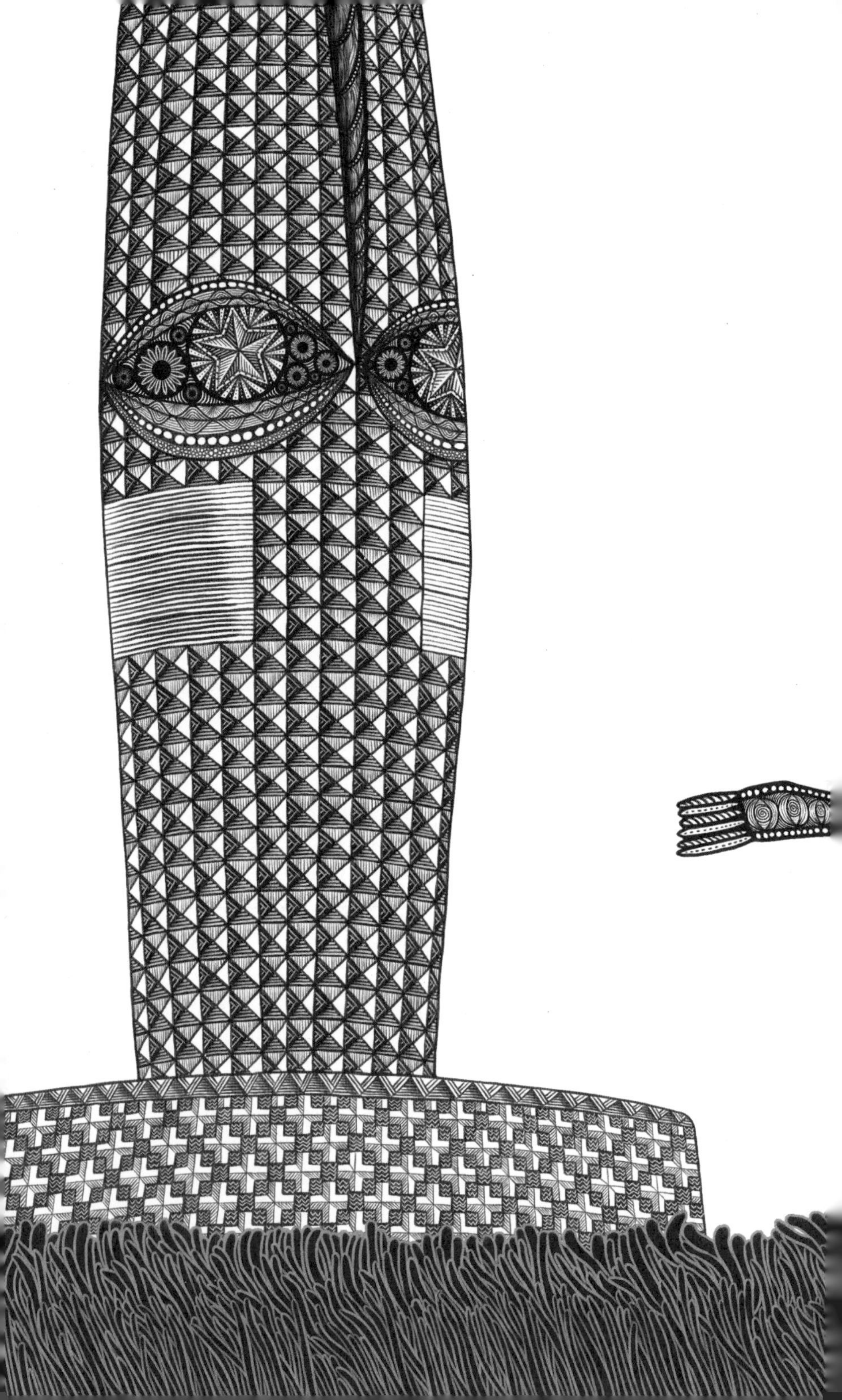

⑥

세상을 이해하게 하는 시

희망

그 별은 아무에게나 보이는 것은 아니다
그 별은 어둠 속에서 조용히
자기를 들여다볼 줄 아는 사람의 눈에나 모습을 드러낸다

정희성

경계

과거를 팔아 오늘을 살지 말 것

현실이 미래를 잡아먹지 말 것

미래를 말하며 과거를 묻어버리거나

미래를 내세워 오늘 할 일을 흐리지 말 것

박노해

밤

왜 그리 뾰족한 갑옷에 갇혀 있었는지
그 갑옷을 벗겨내도 단단하고 딱딱하게
너의 모습을 보여주지 않았는지

이빨로 힘주어 깨물어봐도 넌 끄떡없었지
온 힘을 다해 너를 벗겨냈을 때
넌 나에게 그 노란 속살을 보여주었지

아
살살 녹는구나

이제 알겠어
왜 너를 쉽게 보여주지 않았는지
난 너를 보려고 왜 끙끙댔는지.

이혜진

관계

혼자 이곳까지 걸어왔다고 말하지 말라

그대보다 먼저 걸어와 길이 된 사람들

그들의 이름을 밟고 이곳까지 왔느니

별이 저 홀로 빛나는 게 아니다

그 빛을 이토록 아름답게 하기 위하여

하늘이 스스로 저물어 어두워지는 것이다

이달균

나무에 깃들여

나무들은
난 대로가 그냥 집 한 채.
새들이나 벌레들만이 거기
깃든다고 사람들은 생각하면서
까맣게 모른다 자기들은 실은
얼마나 나무에 깃들여 사는지를!

정현종

밀가루 반죽

냉장실 귀퉁이
밀가루 반죽 한 덩이
저놈처럼 말랑말랑하게
사는 게 어디 쉬운 일인가

동그란 스텐 그릇에
밀가루와 초면의 물을 섞고
내외하듯 등 돌린 두 놈의 살을
오래도록 부비고 주무른다
우툴두툴하던 사지의 관절들 쫀득쫀득해진다
처음 역하던 생내와
좀체 수그러들지 않던 빳빳한 오기도
하염없는 시간에 퍽퍽 치대다보면
우리 삶도 나름대로 차질어가겠지마는

서로 다른 것이 한 그릇 속에서
저처럼 몸 바꾸어 말랑말랑하게
사는 게 어디 그리 쉬운 일인가

한미영

투구꽃

사노라면 겪게 되는 일로
애증이 엇갈릴 때
그리하여 문득 슬퍼질 때
한바탕 사랑싸움이라도 벌일 듯한
투구꽃의 도발적인 자태를 떠올린다

사노라면 약이 되면서 동시에
독이 되는 일 얼마나 많은가 궁리하며
머리가 아파올 때
입술이 얼얼하고 혀가 화끈거리는
투구꽃 뿌리를 씹기도 한다

조금씩 먹으면 보약이지만
많이 넣어 끓이면 사약이 되는
예전에 임금이 신하를 죽일 때 썼다는
투구꽃 뿌리를 잘게 잘라 씹으며
세상에 어떤 사랑이 독이 되는지 생각한다

진보라의 진수라 할
아찔하게 아리따운 꽃빛을 내기 위해
뿌리는 독을 품는 것이라 짐작하며

목구멍에 계속 침을 삼키고
뜨거워지는 배를 움켜쥐기도 한다.

최두석

나무의 여행

너는 서 있고
나만 걸어다녀서 미안하다
너는 서 있어야 살고
나는 걸어다녀야 살기 때문이다
그러고 보면 산다는 것이
얼마나 기구한 것인지 모르겠다
너도 나처럼 걸어다닐 수 있다면
제일 먼저 가고 싶은 데가 어디니
바다라고?
바다가 좋다는 것을 너는
뿌리 깊이 생각했을 거다
뿌리는 흙에 묻혀도
마음은 흙에 묻히기 싫다는 거
삶은 유랑인데 어쩌다 너는
꿈에서만 걸어다니는 나무가 되었니
하지만 너도 나를 보면 불쌍한 데가 많을 거다

이생진

우람찬 건물 앞에서

바람이 불어와도
사람은 꾀가 많아
끄떡도 않을
우람한 건물을 세우고 하건만
저 순수한
나무와 풀들은
바람 앞에서
연하게 흔들릴 줄 아는 것이
얼마나 부드럽게
천리 그것에 닿아 있는가?

이 그윽한 뜻 앞에
사람으로 산다는 것이
부끄러운 나날이여.

박재삼

가을

봄은
가까운 땅에서
숨결과 같이 일더니

가을은
머나먼 하늘에서
차가운 물결과 같이 밀려온다.

꽃잎을 이겨
살을 빚던 봄과는 달리
별을 생각으로 깎고 다듬어
가을은
내 마음의 보석을 만든다.

눈동자 먼 봄이라면
입술을 다문 가을

봄은 언어 가운데서
네 노래를 고르더니
가을은 네 노래를 헤치고

내 언어의 뼈마디를

이 고요한 밤에 고른다.

김현승

몸

시답잖은 인생살이 그나마 고마운 것 중 하나는
마음을 생짜로 노천에 내놓진 않아도 된다는 것
몸이라는 황송한 제 집이 있어서
벌거숭이 마음 담아둘 수 있다는 것이다

예고 없이 몰아붙이는 폭풍에 찢겨
거둘 수도 없는 깃발처럼 너덜너덜한 마음
밤낮 기워대도 덕지덕지 어리석음뿐인 마음
그대로 훤히 비친다면 누군들 태연히 길을 나서리
모르는 척 그 누추한 마음 덮어주는
몸은 너그럽다

여름날 칡넝쿨처럼 뻗치던 열망의 끝자락마다
마중이라도 나온 듯 기다리는 건 번번이 바위절벽
와르르 무너지는 천 근의 마음 그래도 추슬러지고
안간힘으로 일어서는 건 두 다리다
치미는 울음 꾹꾹 눌러주는 건 목젖이다

하루에도 수십 번 쌓고 허무는 방죽 같은
퍼내고 퍼내도 다시 고이는 웅덩이 같은
허망하고도 질긴 마음 바람인 듯 끌어안아

삼천대천 무한 겁 시공 속에 한 그루 나무로
든든히 뿌리내렸다 미련 없이 소멸하는
몸은 듬직하다

조향미

만돌이

만돌이가 학교에서 돌아오다가
전봇대 있는 데서
돌멩이 다섯 개를 주웠습니다

전봇대를 겨누고
돌 첫 개를 뿌렸습니다
—딱—
두 개째 뿌렸습니다
—아뿔싸—
세 개째 뿌렸습니다
—딱—
네 개째 뿌렸습니다
—아뿔싸—
다섯 개째 뿌렸습니다
—딱—

다섯 개에 세 개……
그만하면 되었다
내일 시험,
다섯 문제에 세 문제만 하면……
손꼽아 구구•를 하여 봐도

허양• 육십 점이다
볼 거 있나 공 차러 가자

그 이튿날 만돌이는
꼼짝 못 하고 선생님한테
흰 종이를 바쳤을까요
그렇잖으면 정말
육십 점을 맞았을까요

윤동주

• 구구: 구구단.
• 허양: 거침없이 그냥. 손쉽게.

그래도라는 섬이 있다

가장 낮은 곳에
젖은 낙엽보다 더 낮은 곳에
그래도라는 섬이 있다
그래도 살아가는 사람들
그래도 사랑의 불을 꺼뜨리지 않는 사람들

세상에서 가장 아름다운 섬, 그래도
어떤 일이 있더라도
목숨을 끊지 말고 살아야 한다고
천사 같은 김종삼, 박재삼,
그런 착한 마음을 버려선 못쓴다고

부도가 나서 길거리로 쫓겨나고
인기 여배우가 골방에서 목을 매고
뇌출혈로 쓰러져
말 한마디 못 해도 가족을 만나면 반가운 마음,
중환자실 환자 옆에서도
힘을 내어 웃으며 살아가는 가족들의 마음속

그런 사람들이 모여 사는 섬, 그래도
그런 사람들이 모여 사는 섬, 그래도

그 가장 아름다운 것 속에
더 아름다운 피 묻은 이름,

그 가장 서러운 것 속에 더 타오르는 찬란한 꿈
누구나 다 그런 섬에 살면서도
세상의 어느 지도에도 알려지지 않은 섬,
그래서 더 신비한 섬,
그래서 더 가꾸고 싶은 섬, 그래도
그대 가슴속의 따스한 미소와 장밋빛 체온
이글이글 사랑에 눈이 부신 영광의 함성

그래도라는 섬에서
그래도 부둥켜안고
그래도 손만 놓지 않는다면
언젠가 강을 다 건너 빛의 뗏목에 올라서리라,
어디엔가 걱정 근심 다 내려놓은 평화로운
그래도, 거기에서 만날 수 있으리라

김승희

나무

나무는
실로 운명처럼
조용하고 슬픈 자세를 가졌다.

홀로 내려가는 언덕길
그 아랫마을에 등불이 켜이듯

그런 자세로
평생을 산다.

철따라 바람이 불고 가는
소란한 마을길 위에

스스로 펴는
그 폭넓은 그늘……

나무는
제자리에 선 채로 흘러가는
천 년의 강물이다.

이형기

더위 먹겠네

타는 듯 나려 쬐는 저 들판에
일하는 사람들 더위 먹겠네

구름들아 햇볕 좀
가려라 가려라

죽도록 일해도 고생 많은
땀 철철 농군들 더위 먹겠네

바람들아 자꾸 좀
불어라 불어라

권태응

나를 만나거든

땀 마른 얼굴에
소금이 싸락싸락 돋힌 나를
공사장 가까운 숲속에서 만나거든
  내 손을 쥐지 말라
  만약 내 손을 쥐드래도
옛처럼 네 손처럼 부드럽지 못한 이유를
그 이유를 묻지 말어다오

주름 잡힌 이마에
석고처럼 창백한 불만이 그윽한 나를
거리의 뒷골목에서 만나거든
  먹었느냐고 묻지 말라
  굶었느냐곤 더욱 묻지 말고
꿈 같은 이야기는 이야기의 한마디도
나의 침묵에 침입하지 말어다오

폐인인 양 시들어져
턱을 고이고 앉은 나를
어두한 폐가의 회랑에서 만나거든
  울지 말라
  웃지도 말라

너는 평범한 표정을 힘써 지켜야겠고
내가 자살하지 않는 이유를
그 이유를 묻지 말어다오

이용악

7

새롭게 세상을 보는 시

늙으신 어머니 한 말씀

저녁 잡수시고
텔레비전 드라마 그윽이 보신 뒤에
늙으신 어머니
한 말씀 하신다
사랑 좋아하네,
요란 떨 거 없다
개도 저 귀여워하는 줄
아는 법이다
서로 그렇게 살거라

김시천

무얼 먹고 사나

바닷가 사람
물고기 잡아 먹고 살고

산골엣 사람
감자 구워 먹고 살고

별나라 사람
무얼 먹고 사나

윤동주

네 눈의 깊이는

네 눈의 깊이는 네가 바라보는 것들의 깊이이다.
네가 바라보는 것들의 깊이 없이 너의 깊이가 있느냐.
깊고 넓다 모든 표면이여
그렇지 않으냐 샘물이여.

정현종

눈꽃

육십 년 만의 폭설로
마른 나뭇가지에 눈이 쌓인 날
무겁게 짓누르는 눈꽃의 무게를 가늠하며
딱! 하고 부러질지언정 휘지 않으리라
너절하게 끌고 가진 않으리라
고독한 자의 의지를 확인한다.

민영

눈 뜨는 가을

가을이 눈 한번
힐끗 뜨더니
하늘이 파랗게
높아지고요
나뭇잎 병들어
노랗습니다

가을이 눈 뜨면
달이 밝아서
벌레가 처량하게
울음 우는 밤
나뭇잎 장례가
떠나갑니다

서덕출

개미

개미는 허리를 졸라맨다.
개미는 몸통도 졸라맨다.
개미는 심지어 모가지도 졸라맨다.
나는 네가 네 몸뚱이보다 세 배나 큰 먹이를
끌고 나르는 것을 여름언덕에서 본 적이 있다.
그러나 나는 네가 네 식구들과 한가롭게 둘러앉아
저녁 식탁에서 저녁을 먹는 것을 본 적 없다.
너의 어두컴컴한 굴속에는 누가 사나?
햇볕도 안 쬐 허옇게 살이 찐 여왕개미가 사나?

김명수

몸

끙끙 앓는 하나님
누구보다도 당신이 불쌍합니다
우리가 암덩어리가 아니어야
당신 몸이 거뜬할 텐데

피둥피둥 회충 떼처럼 불어나며
이리저리 힘차게 회오리치는
온몸이 혓바닥뿐인 벌건 욕망들

최승호

결혼 조건

부잣집 장남에다 미남이고
대학을 나오고 키가 크고
박력 있고 직업이 뚜렷하고
자상하면서 마음씨가 좋고
이혼할 때
위자료 많이 내놓을 수 있는 사람

얌전한 요조숙녀에다 세련되고
청순하며 순결하고
남편을 하늘같이 알고
살림 잘하고 시부모 잘 모시고
조금 벌어다 주어도 바가지 안 긁고
맞벌이하되 친정이 잘사는 여자

최명자

다시 느티나무가

고향집 앞 느티나무가
터무니없이 작아 보이기 시작한 때가 있다.
그때까지는 보이거나 들리던 것들이
문득 보이지도 들리지도 않는다는 것을 알면서
나는 잠시 의아해하기는 했으나
내가 다 커서거니 여기면서,
이게 다 세상 사는 이치라고 생각했다.

오랜 세월이 지나 고향엘 갔더니,
고향집 앞 느티나무가 옛날처럼 커져 있다.
내가 늙고 병들었구나 이내 깨달았지만,
내 눈이 이미 어두워지고 귀가 멀어진 것을,
나는 서러워하지 않았다.

다시 느티나무가 커진 눈에
세상이 너무 아름다웠다.
눈이 어두워지고 귀가 멀어져
오히려 세상의 모든 것이 더 아름다웠다.

신경림

우체국 앞 은사시나무 그늘 밑에서

우체국 앞에 서 있는 은사시나무 그늘 밑에서, 누군가를 기다려본 기억을 가진 사람과, 우체국 앞에 서 있는 은사시나무 그늘 밑에서, 누구라도 한 사람을 기다려본 기억이 없는 사람의 인생의 무늬에는 어딘지 차이가 있을 것도 같았다.

모든 생의 바닥으로는 다른 빛깔의 그늘이 와서 깔리고, 모든 생의 그 그늘들은 다른 방식으로 스러지기도 할 것 같았다.

우체국 앞에 서 있는 은사시나무 그늘 밑에서, 지나가는 사람들의 뒷등에 대고서라도,

이제라도 '그'를 한번 기다리며 서 있어보라고, 가만히 말을 건네주고 싶었던 가을날이 있었다.

정윤천

끼니

1

병실에 누운 채 곡기를 끊으신 아버지가
그날 아침 나에게 밥을 가져오라고 했다
너무 반가워 나는 뛰어가
미음을 가져갔다
아버지는 아주 작은 소리로
그냥 밥을 가져오라고 했다
아주 천천히 오래
아버지는 밥을 드셨다
그리고 다음 날 돌아가셨다

2

우리는 원래와 달리 난폭해진다
우리는 치사해진다
하찮고 사소한 것에 목숨을 걸기도 한다
가진 게 그것뿐이기 때문이다
그것이 전부이기 때문이다

한겨울, 서울역 지하도를 지나다가
한 노숙자가 자고 있던 동료를 흔들어 깨워
말하는 것을 들은 적이 있다

먹어둬!
이게 마지막일지 모르잖아

고영민

그는 새보다도 적게 땅을 밟는다

날개 없이도 그는 항상 하늘에 떠 있고
새보다도 적게 땅을 밟는다.
엘리베이터에서 내려 아파트를 나설 때
잠시 땅을 밟을 기회가 있었으나
서너 걸음 밟기도 전에 자가용 문이 열리자
그는 고층에서 떨어진 공처럼 튀어 들어간다.
휠체어에 탄 사람처럼 그는 다리 대신 엉덩이로 다닌다.
발 대신 바퀴가 땅을 밟는다.
그의 몸무게는 고무 타이어를 통해 땅으로 전달된다.
몸무게는 빠르게 구르다 먼지처럼 흩어진다.
차에서 내려 사무실로 가기 전에
잠시 땅을 밟을 시간이 있었으나
서너 걸음 떼기도 전에 엘리베이터 문이 열리고
그는 새처럼 날아들어 공중으로 솟구친다.
그는 온종일 현기증도 없이 20층의 하늘에 떠 있다.
전화와 이메일로 쉴 새 없이 지저귀느라
한순간도 땅에 내려앉을 틈이 없다.

김기택

난간에 대하여

누군가의 걸음걸이가 위태로워 보인다면, 그는 분명 난간 위를 걷고 있는 것이다.

재개발지구에서는 꽃들도 난간 위에서 피고 진다. 버려진 꽃들이 생사의 경계 위에서 목을 길게 빼고 망을 본다. 가끔, 발을 헛디딘 꽃잎이 난간 아래로 추락하기도 한다.

지상에서 쫓겨난 사람들이 난간 위에 망루를 세웠다. 망루가 서 있던 난간은 무너진 하늘의 일부였다. 그곳은 철거민들의 소도(蘇塗)였지만, 관리들은 용산 4지구라고 불렀다. 누군가 망루에 불을 질렀고, 시커멓게 타버린 사람들이 들것에 실려 급하게 이승을 빠져나갔다.

모두 난간 위에 살고 있으면서도 발아래 세상을 보지 못했다.

박후기

생각의 사이

시인은 오로지 시만을 생각하고
정치가는 오로지 정치만을 생각하고
경제인은 오로지 경제만을 생각하고
근로자는 오로지 노동만을 생각하고
법관은 오로지 법만을 생각하고
군인은 오로지 전쟁만을 생각하고
기사는 오로지 공장만을 생각하고
농민은 오로지 농사만을 생각하고
관리는 오로지 관청만을 생각하고
학자는 오로지 학문만을 생각한다면

이 세상이 낙원이 될 것 같지만 사실은

시와 정치의 사이
정치와 경제의 사이
경제와 노동의 사이
노동과 법의 사이
법과 전쟁의 사이
전쟁과 공장의 사이
공장과 농사의 사이
농사와 관청의 사이

관청과 학문의 사이를

생각하는 사람이 없으면 다만

휴지와
권력과
돈과
착취와
형무소와
폐허와
공해와
농약과
억압과
통계가

남을 뿐이다

김광규

감태준(1947~) 시인, 교수. 경상남도 마산 출생. 시집 《몸 바뀐 사람들》, 《역에서 역으로》, 《마음의 집 한 채》 등이 있다.

강성은(1973~) 시인. 경상북도 의성 출생. 시집 《구두를 신고 잠이 들었다》, 《단지 조금 이상한》 등이 있다.

강연주 학생(경남여자고등학교)

고영민(1968~) 시인. 충청남도 서산 출생. 시집 《악어》, 《사슴공원에서》 등이 있다.

고 은(1933~) 시인. 전라북도 군산 출생. 시집 《만인보》, 《순간의 꽃》, 《조국의 별》 등이 있으며, 서사시 〈백두산〉을 썼다.

공광규(1960~) 시인. 충청남도 청양 출생. 시집 《담장을 허물다》, 《말똥 한 덩이》, 《지독한 불륜》 등이 있다.

구 상(1919~2004) 시인, 작가. 함경남도 문천 출생. 시집 《초토의 시》, 《조화 속에서》, 시선집 《나는 혼자서 알아낸다》, 희곡집 《황진이》 등이 있다.

권오삼(1943~) 아동문학가. 경상북도 안동 출생. 동시집 《가시철조망》, 《물도 꿈을 꾼다》, 《고양이가 내 뱃속에서》 등이 있다.

권태응(1918~1951) 시인. 아동문학가. 충청북도 충주 출생. 동시집 《송아지》, 《어린 나무꾼》, 《동요와 또》 등을 썼다.

기형도(1960~1989) 시인. 인천 출생. 시집 《입 속의 검은 잎》, 시선집 《기형도 전집》 등이 있다.

김광규(1941~) 시인, 교수. 서울 출생. 시집 《대장간의 유혹》, 《시간의 부드러운 손》, 《우리를 적시는 마지막 꿈》 등이 있다.

김광원(1956~) 시인. 전라북도 전주 출생. 시집 《옥수수는 알을 낳는다》, 양장시조집 《패랭이꽃》 등이 있다.

김기택(1957~) 시인, 교수. 경기도 안양 출생. 시집 《갈라진다 갈라진다》, 《소》, 《사무원》 등이 있다.

김명수(1945~) 시인, 아동문학가. 경상북도 안동 출생. 시집 《하급반 교과서》, 《침엽수 지대》, 동화집 《달님과 다람쥐》, 《바위 밑에서 온 나우리》 등이 있다.

김미희(1971~) 시인, 아동문학가. 제주 출생. 시집 《외계인에게 로션을 발라주다》, 동시집 《달님도 인터넷해요?》, 《동시는 똑똑해》 등이 있다.

김민조 학생(경남여자고등학교)

김소월(1902~1934) 시인. 평안북도 구성 출생. 〈진달래꽃〉, 〈산유화〉, 〈초혼〉 등의 시를 썼고, 시집 《진달래꽃》이 있다.

김승희(1952~) 시인, 소설가. 광주 출생. 시집 《왼손을 위한 협주곡》, 《누가 나의 슬픔을 놀아주랴》, 소설집 《산타페로 가는 사람》 등이 있다.

김시천(1956~) 교사, 시인. 충청북도 청주 출생. 시집 《떠나는 것이 어찌 아름답기만 하랴》, 《마침내 그리운 하늘에 별이 될 때까지》 등이 있다.

김영랑(1903~1950) 시인. 전라남도 강진 출생. 〈돌담에 속삭이는 햇발같이〉, 〈모란이 피기까지는〉, 〈독을 차고〉 등의 시를 썼고, 시집 《영랑시집》, 《영랑시선》이 있다.

김예진 학생(울산 신일중학교)

김용호(1912~1973) 시인. 경상남도 마산 출생. 시집 《주막에서》, 《갯민숭달팽이》가 있다.

김종삼(1921~1984) 시인. 황해도 은율 출생. 시선집 《북 치는 소년》, 《스와니강이랑 요단강이랑》 등이 있다.

김현승(1913~1975) 시인. 평안남도 평양 출생. 시집 《마지막 지상에서》, 시선집 《김현승 시전집》, 《가을의 기도》 등이 있다.

남진우(1960~) 시인, 교수. 전라북도 전주 출생. 시집 《죽은 자를 위한 기도》, 《새벽 세 시의 사자 한 마리》, 평론집 《폐허에서 꿈꾸다》 등이 있다.

마종기(1939~) 시인, 의사. 일본 도쿄 출생. 시집 《안 보이는 사랑의 나라》, 《보이는 것을 바라는 것은 희망이 아니므로》 등이 있다.

맹문재(1963~) 시인. 충청북도 단양 출생. 시집 《먼 길을 움직인다》, 《사과를 내밀다》 등이 있다.

문 정(1961~2013) 시인. 전라북도 진안 출생. 유고 시집 《하모니카 부는 오빠》가 있다.

민 영(1934~) 시인. 강원도 철원 출생. 시집 《유사를 바라보며》, 《해 지기 전의 사랑》, 수필집 《나의 길》 등이 있다.

박남준(1957~) 시인. 전라남도 영광 출생. 시집《풀여치의 노래》,《다만 흘러가는 것들을 듣는다》, 산문집《쓸쓸한 날의 여행》 등이 있다.

박노해(1957~) 시인. 전라남도 함평 출생. 시집《노동의 새벽》,《사람만이 희망이다》 등이 있다.

박라연(1951~) 시인. 전라남도 보성 출생. 시집《서울에 사는 평강공주》,《공중 속의 내 정원》,《생밤 까주는 사람》 등이 있다.

박성우(1971~) 시인. 전라북도 정읍 출생. 시집《거미》,《가뜬한 잠》,《난 빨강》, 동시집《불량 꽃게》 등이 있다.

박영희(1962~) 시인. 전라남도 무안 출생. 시집《해 뜨는 검은 땅》,《팽이는 서고 싶다》, 르포집《아파서 우는 게 아닙니다》 등이 있다.

박재삼(1933~1997) 시인. 일본 도쿄 출생. 시집《울음이 타는 가을 강》,《다시 그리움으로》,《허무에 갇혀》 등이 있다.

박정만(1946~1988) 시인. 전라북도 정읍 출생. 시집《무지개가 되기까지는》, 시선집《박정만 시전집》 등이 있다.

박후기(1968~) 시인. 경기도 평택 출생. 시집《종이는 나무의 유전자를 갖고 있다》,《내 귀는 거짓말을 사랑한다》 등이 있다.

백 석(1912~1996) 시인. 평안북도 정주 출생. 시선집《정본 백석 시집》,《나와 나타샤와 흰 당나귀》 등이 있다.

서덕출(1906~1940) 아동문학가. 경상남도 울산 출생. 동요집《봄편지》가 있다.

서정홍(1958~) 시인. 경상남도 마산 출생. 시집《내가 가장 착해질 때》,《밥 한 숟가락에 기대어》,《58년 개띠》 등이 있다.

성미정(1967~) 시인. 강원도 정선 출생. 시집《대머리와의 사랑》,《사랑은 야채 같은 것》, 동시집《엄마의 토끼》 등이 있다.

송찬호(1959~) 시인. 충청북도 보은 출생. 시집《고양이가 돌아오는 저녁》,《붉은 눈, 동백》,《10년 동안의 빈 의자》 등이 있다.

신경림(1936~) 시인. 충청북도 충주 출생. 시집《가난한 사랑노래》,《낙타》,《사진관집 이

층》 등이 있다.

신연지 학생(경남여자고등학교)

오현이 학생(김천여자고등학교)

유승도(1960~) 시인. 충청남도 서천 출생. 시집 《작은 침묵들을 위하여》, 《일방적 사랑》, 산문집 《수염 기르기》 등이 있다.

유홍준(1962~) 시인. 경상남도 산청 출생. 시집 《저녁의 슬하》, 《나는 웃는다》, 《상가에 모인 구두들》 등이 있다.

윤동주(1917~1945) 시인. 북간도 명동촌 출생. 유고 시집인 《하늘과 바람과 별과 시》가 있다.

윤희상(1961~) 시인. 전라남도 나주 출생. 시집 《이미, 서로 알고 있었던 것처럼》, 《소를 웃긴 꽃》 등이 있다.

이달균(1957~) 시조 시인. 경상남도 함안 출생. 시집 《문자의 파편》, 《장롱의 말》, 시조집 《북행열차를 타고》 등이 있다.

이데레사(1960~) 교사, 시인. 부산 출생. 연작 시집 《아버지 생각》이 있다.

이문재(1959~) 시인, 교수. 경기도 김포 출생. 시집 《지금 여기가 맨 앞》, 《내 젖은 구두 벗어 해에게 보여줄 때》, 산문집 《바쁜 것은 게으른 것이다》 등이 있다.

이생진 (1929~) 시인. 충청남도 서산 출생. 시집 《산토끼》, 《그리운 바다 성산포》, 《독도로 가는 길》 등이 있다.

이소윤 학생(전주 효문여자중학교)

이승훈(1942~) 시인, 평론가. 강원도 춘천 출생. 시집 《당신이 보는 것이 당신이 보는 것이다》, 《이것은 시가 아니다》, 《환상이라는 이름의 역》 등이 있다.

이용악(1914~1971) 시인. 함경북도 경성 출생. 시집 《분수령》, 《낡은 집》, 시선집 《오랑캐꽃》, 《이용악 시선》 등이 있다.

이윤학(1965~) 시인. 충청남도 홍성 출생. 시집 《먼지의 집》, 《나를 울렸다》, 《아픈 곳에 자꾸 손이 간다》 등이 있다.

이육사(1904~1944) 시인. 경상북도 안동 출생. 유고 시집인 《육사시집》이 있다.

이재금(1941~1997) 시인. 경상남도 밀양 출생. 시집 《부끄러움을 팝니다》, 《말똥 굴러가는 날》, 유고 시집《나는 어디 있는가》 등이 있다.

이정관(1962~) 시인. 시집《살아 있는 기억들》이 있다.

이정하(1962~) 작가, 시인. 대구 출생. 시집《너는 눈부시지만 나는 눈물겹다》,《혼자 사랑한다는 것은》, 산문집《돌아가고 싶은 날들의 풍경》 등이 있다.

이태수(1947~) 시인. 경상북도 의성 출생. 시집《침묵의 결》,《꿈속의 사닥다리》,《내 마음의 풍란》 등이 있다.

이형기(1933~2005) 시인, 문학평론가. 경상남도 진주 출생. 시집《절벽》,《별이 물 되어 흐르고》, 시선집《낙화》,《이형기 시선》 등이 있다.

이혜진 학생(전주 성심여자고등학교)

이홍섭(1965~) 시인, 문학평론가. 강원도 강릉 출생. 시집《강릉, 프라하, 함흥》,《터미널》, 산문집《곱게 싼 인연》 등이 있다.

임길택(1952~1997) 작가. 전라남도 무안 출생. 시집《탄광마을 아이들》,《산골 아이》,《똥 누고 가는 새》, 동시집《나 혼자 자라겠어요》 등이 있다.

정금주 학생(전주 성심여자고등학교)

정유진 학생(전주 효문여자중학교)

정윤천(1960~) 시인. 전라남도 화순 출생. 시집《흰 길이 떠올랐다》,《구석》,《탱자꽃에 비기어 대답하리》 등이 있다.

정지용(1902~1950) 시인. 충청북도 옥천 출생. 시〈향수〉,〈유리창〉 등이 있다.

정현종(1939~) 시인. 서울 출생. 시집《견딜 수 없네》,《광휘의 속삭임》,《나는 별아저씨》 등이 있다.

정희성(1945~) 시인. 경상남도 창원 출생. 시집《그리운 나무》,《지금도 짝사랑》,《저문 강에 삽을 씻고》,《한 그리움이 다른 그리움에게》 등이 있다.

조말선(1965~) 시인. 경상남도 김해 출생. 시집《재스민 향기는 어두운 두 개의 콧구멍을 지나서 탄생했다》,《둥근 발작》 등이 있다.

조태일(1941~1999) 시인. 전라남도 곡성 출생. 시집《혼자 타오르고 있었네》,《나는 노래가 되었다》,《푸른 하늘과 붉은 황토》 등이 있다.

조향미(1961~) 교사, 시인. 경상남도 거창 출생. 시집《길보다 멀리 기다림은 뻗어 있네》, 《그 나무가 나에게 팔을 벌렸다》 등이 있다.

최두석(1956~) 교수, 시인. 전라남도 나주 출생. 시집《투구꽃》,《꽃에게 길을 묻는다》, 《성에꽃》 등이 있다.

최명자(1958~) 시인. 강원도 화천 출생. 시집《우리들 소원》이 있다.

최 민(1944~) 시인, 교육인. 함경남도 함흥 출생. 시집《상실》,《어느 날 꿈에》 등이 있으며, 옮긴 책으로《미술비평의 역사》,《서양 미술사》 등이 있다.

최승호(1954~) 교수, 작가. 강원도 춘천 출생. 시집《대설주의보》,《영원한 귓속말》,《고슴도치의 마을》,《고비》 등이 있다.

최영철(1956~) 시인. 경상남도 창녕 출생. 시집《아직도 쭈그리고 앉은 사람이 있다》,《찔러본다》,《금정산을 보냈다》 등이 있다.

하민지 학생(경남여자고등학교)

하종오(1954~) 시인. 경상북도 의성 출생. 시집《벼는 벼끼리 피는 피끼리》,《초저녁》,《베드타운》 등이 있다.

한미영(1964~) 시인. 경상북도 안동 출생. 시집《물방울무늬 원피스에 관한 기억》이 있다.

한용운(1879~1944) 시인, 스님. 충청남도 홍성 출생. 시집《님의 침묵》, 장편소설《흑풍》, 《박명》 등이 있다.

한하운(1920~1975) 작가. 함경남도 함주 출생. 시집《보리피리》,《파랑새》,《한하운 시선》 등이 있다.

허 연(1966~) 신문기자, 시인. 서울 출생. 시집《불온한 검은 피》,《내가 원하는 천사》, 《나쁜 소년이 서 있다》 등이 있다.

황청원(1955~) 시인. 전라남도 진도 출생. 시집《우리가 혼자였다면 얼마나 외로웠을까》, 《바람 부는 날에는 너에게로 가고 싶다》 등이 있다.

| 출 처 |

가을 김현승, 《가을의 기도》, 미래사

가을 정유진(전주 효문여자중학교)

간(肝) 윤동주, 《하늘과 바람과 별과 시》, 소와다리

강가에서 김용호, 《주막에서》, 미래사

개미 김명수, 《마지막 전철》, 바보새

겨울날 신경림, 《뿔》, 창비

결혼 조건 최명자, 《우리들 소원》, 풀빛

경계 박노해, 《겨울이 꽃핀다》, 해냄

고양이가 돌아오는 저녁 송찬호, 《고양이가 돌아오는 저녁》, 문학과지성사

과일집 아저씨 구자행 엮음, 《기절했다 깬 것 같다》, 휴머니스트

관계 이달균, 《갈잎 흔드는 여섯 악장 칸타타》, 창비

귀 조경 이홍섭, 《터미널》, 문학동네

그는 새보다도 적게 땅을 밟는다 김기택, 《사무원》, 창비

그대 순례 고은, 《히말라야》, 민음사

그래도라는 섬이 있다 김승희, 《희망이 외롭다》, 문학동네

그리움 이용악, 《선생님과 함께 읽는 이용악》, 실천문학사

그리움이 먼 길을 움직인다 맹문재, 《먼 길을 움직인다》, 실천문학사

그립다는 것은 이정하, 《혼자 사랑한다는 것은》, 명예의전당

끝없는 강물이 흐르네 김영랑, 《김영랑을 읽다》, 휴머니스트

끼니 고영민, 《사슴공원에서》, 창비

나를 만나거든 이용악, 《이용악을 읽다》, 휴머니스트

나무 이형기, 《별이 물 되어 흐르고》, 미래사

나무에 깃들여 정현종, 《꽃 한 송이》, 문학과지성사

나무의 여행 이생진, 《골뱅이@ 이야기》, 우리글

나쁜 소년이 서 있다 허연, 《나쁜 소년이 서 있다》, 민음사

난간에 대하여 박후기, 《내 귀는 거짓말을 사랑한다》, 창비

내 몸에 눈송이들이 내려앉을 때 유승도, 《작은 침묵을 위하여》, 창비

네 눈의 깊이는 정현종, 《견딜 수 없네》, 시와시학사

노랗고 동그란 희망 오현이(김천여자고등학교)

눈길 조태일, 《나는 노래가 되었다》, 창비

눈꽃 민영, 《해 지기 전의 사랑》, 시와시학사

눈 뜨는 가을 서덕출, 《서덕출 전집》, 경진

늙으신 어머니 한 말씀 김시천, 《마침내 그리운 하늘에 별이 될 때까지》, 문학동네

다시 느티나무가 신경림, 《사진관집 이층》, 창비

다시 섬진강에서 이정관, 《살아 있는 기억들》, 휴머니스트

당신이라는 숟가락에 조말선, 《재스민 향기는 어두운 두 개의 콧구멍을 지나서 탄생했다》, 문학동네

대화 최민, 《어느 날 꿈에》, 창비

더위 먹겠네 권태응, 《권태응 동시선집》, 지식을만드는지식

두근 반 세근 반 유홍준, 《저녁의 슬하》, 창비

만돌이 윤동주, 《윤동주 동시집: 산울림》, 이가서

말의 감옥 윤희상, 《이미 서로 알고 있었던 것처럼》, 문학동네

머루밤 백석, 《정본 백석 시집》, 문학동네

몸 조향미, 《그 나무가 나에게 팔을 벌렸다》, 실천문학사

몸 최승호, 《고해문서》, 미래사

몸살 박영희, 《팽이는 서고 싶다》, 창비

무얼 먹고 사나 윤동주, 《윤동주 동시집: 산울림》, 이가서

민간인 김종삼, 《스와니강이랑 요단강이랑》, 미래사

밀가루 반죽 한미영, 《물방울무늬 원피스에 관한 기억》, 문학세계사

밤 이혜진(전주 성심여자고등학교)

방 강성은, 《구두를 신고 잠이 들었다》, 창비

베드타운 – 해질녘 풍경 하종오, 《베드타운》, 창비

별빛 고운 밤　이재금, 《나는 어디 있는가》, 실천문학사

봄숲을 보면　박라연, 《생밤 까주는 사람》, 문학과지성사

사막　이문재, 《지금 여기가 맨 앞》, 문학동네

사모곡　감태준, 《마음의 집 한 채》, 미래사

산 아래 앉아　박정만, 《무지개가 되기까지는》, 문학사상

삶　한하운, 《보리피리》, 미래사

생각의 사이　김광규, 《대장간의 유혹》, 미래사

서울　황청원, 《다시 흰 감자꽃 피어도 고향에 갈 수 없겠지 그대는》, 오상

술래잡기　김종삼, 《김종삼 전집》, 나남

신나는 악몽　박성우, 《난 빨강》, 창비

아버지 생각 56　이데레사, 《아버지 생각》, 휴머니스트

아버지 자랑　임길택, 《탄광마을 아이들》, 실천문학사

안쓰러운 생　공광규, 《지독한 불륜》, 실천문학사

어머니　서정홍, 《58년 개띠》, 보리

엄마　신연지(경남여자고등학교)

엄마도 신경질 나지?　권오삼, 《고양이가 내 뱃속에서》, 사계절

연민　이윤학, 《아픈 곳에 자꾸 손이 간다》, 문학과지성사

외계인을 위하여　김미희, 《외계인에게 로션을 발라주다》, 휴머니스트

우람찬 건물 앞에서　박재삼, 《다시 그리움으로》, 박재삼

우음 2장　구상, 《조화 속에서》, 미래사

우체국 앞 은사시나무 그늘 밑에서　정윤천, 《구석》, 실천문학사

이 가을에　민영, 《유사를 바라보며》, 창비

이 방이　이승훈, 《환상이라는 이름의 역》, 미래사

이른 봄　김광규, 《시간의 부드러운 손》, 문학과지성사

잠시　이소윤(전주 효문여자중학교)

장마　정금주(전주 성심여자고등학교)

저수지 저녁 풍경 김미희, 《지구를 굴리는 외계인》, 휴머니스트

적막, 또는 빈집에서 이태수, 《내 마음의 풍란》, 문학과지성사

전화 마종기, 《보이는 것을 바라는 것은 희망이 아니므로》, 문학과지성사

절정 이육사, 《이육사 시집》, 범우사

조등 남진우, 《새벽 세 시의 사자 한 마리》, 문학과지성사

지금 뭐 해? 문정, 《하모니카 부는 오빠》, 애지

진달래꽃 김소월, 《김소월을 읽다》, 휴머니스트

질투는 나의 힘 기형도, 《입 속의 검은 잎》, 문학과지성사

찔러본다 최영철, 《찔러본다》, 문학과지성사

처음엔 당신의 착한 구두를 사랑했습니다 성미정, 《상상 한 상자》, 랜덤하우스중앙

천천히 와 정윤천, 《구석》, 실천문학사

친할머니 김예진(울산 신일중학교)

탈출 하민지(경남여자고등학교)

터미널 이홍섭, 《터미널》, 문학동네

투구꽃 최두석, 《투구꽃》, 창비

피곤해 김민조(경남여자고등학교)

하모니카 부는 오빠 문정, 《하모니카 부는 오빠》, 애지

할아버지 정지용, 《정지용을 읽다》, 휴머니스트

흰 부추꽃으로 박남준, 《다만 흘러가는 것들을 듣는다》, 문학동네

해당화 한용운, 《님의 침묵》, 민음사

헬스클럽 – 바퀴·2 김광원, 《옥수수는 알을 낳는다》, 문경

희망 정희성, 《돌아다보면 문득》, 창비

희망에는 신의 물방울이 들어 있다 김승희, 《희망이 외롭다》, 문학동네

* 이 책에 실린 작품 가운데 '최명자, 황청원, 최민, 박정만, 이재금' 시인의 작품은 저작권자와 연락이 닿지 않아 임의로 작품을 수록하게 되었음을 밝힙니다. 추후 연락이 닿는 대로 저작권 협의를 진행하겠습니다.

국어시간에 시읽기 4

1판 1쇄 발행일 2015년 5월 11일
2판 1쇄 발행일 2020년 3월 9일
2판 5쇄 발행일 2024년 10월 7일

엮은이 전국국어교사모임

발행인 김학원
발행처 (주)휴머니스트출판그룹
출판등록 제313-2007-000007호(2007년 1월 5일)
주소 (03991) 서울시 마포구 동교로23길 76(연남동)
전화 02-335-4422 **팩스** 02-334-3427
저자·독자 서비스 humanist@humanistbooks.com
홈페이지 www.humanistbooks.com
유튜브 youtube.com/user/humanistma **포스트** post.naver.com/hmcv
페이스북 facebook.com/hmcv2001 **인스타그램** @humanist_insta

편집책임 문성환 **편집** 윤무재 **디자인** 김태형 **일러스트** 김남진
용지 화인페이퍼 **인쇄** 청아디앤피 **제본** 정민문화사

ISBN 979-11-6080-344-0 44810
979-11-6080-340-2 (세트)